Kalender 2020

„Die geheimen Geschichten aus 1001 Nacht"

12 Bilder
Illustration von Noah Fakier

Quellennachweis:

Eine Fotografie wird von jedem Betrachter unterschiedlich wahrgenommen. Die Basis meiner Zeichnungen sind Fotografien. Wie sie auf mich wirken, wie ich sie aufnehme oder wahrnehmen möchte. Bei Porträts spielt die Liebe zum Menschen und die Ästhetik des menschlichen Körpers eine große Rolle, die ich in meinen Zeichnungen umsetzen will. Sämtliche Zeichnungen entstanden aus privaten oder lizenzfreien oder erworbenen Fotografien mit der schriftlichen Genehmigung, dass ich sie verwenden und veröffentlichen darf, wie pixabay oder shutterstock. Ähnlichkeiten mit anderen sind rein zufällig.

© 2019 Noah Fakier

Herstellung und Verlag: BoD - Books on Demand, Norderstedt

ISBN 9783748163831

Lieber Leser,

Zum Autor

Noah Fakier schreibt erotische Abenteuer- und Liebesgeschichten. Er will von der aufregenden und wunderbaren Liebe zwischen den Menschen erzählen. Seine Botschaft lautet:

Mit den Augen der Liebe betrachtet sind alle Menschen schön und einzigartig. Es spielt keine Rolle, woher sie stammen, welches Geschlecht oder welches Alter sie haben. Liebe ist die universelle Glückseligkeit in unserem Leben, deren wundervolle Schönheit wir erkennen, wenn wir sie erleben. Dabei spielen die Erotik und Leidenschaft genauso eine natürliche Rolle wie Gefühle, Sehnsucht, Abenteuer und Humor.

In seinen Geschichten geht es um Freundschaft und Liebe unter Männern.

https://www.facebook.com/noah.fakier69

Noah Fakier

Die geheimen Geschichten aus 1001 Nacht

Teil I

Mit 16 Zeichnungen vom Autor

Vorwort von Dr. Lutz Knoche

In den fortschrittlichen Ländern der Erde hat die Freiheit und Selbstbestimmung der Menschen per Gesetz gesiegt. So auch in der Liebe. Wie sieht es aber in den Köpfen der Menschen aus?

Über Tausende von Jahren wurde die Selbstbestimmung und sexuelle Entfaltung unterdrückt und es entstanden menschenverachtende Normen und Glaubenssätze, die zum Teil bis heute ihre Gültigkeit nicht verloren haben.

Viele Menschen haben sich davon noch nicht ganz befreit. Ich wünsche mir deshalb, dass dieses Buch, welches auf die Geschichten von 1001 Nacht zurückgreift, die heute zur Weltliteratur zählen, genauso erfolgreich wird und den Gedanken von der Vielfalt der Liebe und Freiheit in viele Herzen der Menschen trägt.

Nur mit dem Herzen und unseren Sehnsüchten können wir diese alten Schranken endlich überwinden und uns selbst von Vorurteilen und falschen Glaubenssätzen befreien.

„Die geheimen Geschichten aus 1001 Nacht" ist eine fantasiereiche, zauberhafte und erotische Geschichtensammlung über Freundschaft und Liebe zwischen Männern, die Herz und Geist des Lesers besser erreichen kann als manche noch so gut gemeinten Gesetze. In der Liebe gibt es keine Einschränkungen. Hier gibt es keine Grenzen zwischen körperlicher und geistiger Liebe. Sie steht in beidem weit über den Gesetzen und der Moral, die nur von Menschen, ihrem Zeitgeist entsprechend, gemacht wurden und werden.

Besonders denke ich aber dabei an den Orient, wo heute noch viele Länder Strafen, bis hin zur Todesstrafe für gleichgeschlechtliche Liebe, per Gesetz erheben. Dabei waren es über viele Jahrtausende gerade diese Länder die sich nicht von dem verhängnisvollen Irrglauben des Christentums zu diesem Thema haben beeinflussen lassen.

„Nach Aussage des Islamwissenschaftlers Thomas Bauer ist der Islam mehr als tausend Jahre tolerant mit homosexuellen Menschen umgegangen. Bauer betont, dass sich in der arabisch-islamischen Kulturgeschichte zwischen 800 und 1800 „keine Spur von Homophobie" feststellen lasse. Aus der islamischen Literatur sind zahlreiche homoerotische Gedichte überliefert. Laut Bauer habe erst im 19. Jahrhundert der Westen im Zuge der Kolonialisierung den „Kampf gegen den unordentlichen Sex" im Nahen Osten eingeführt."

https://www.amazon.de/dp/3744809099/

Januar 2020

Mo.	Di.	Mit.	Do.	Fr.	Sa.	So.
		1	2	3	**4**	**5**
6	7	8	9	10	**11**	**12**
13	14	15	16	17	**18**	**19**
20	21	22	23	24	**25**	**26**
27	28	29	30	31		

Besonders Ali war von diesen aufregenden Erlebnissen so begeistert, dass er nie genug davon bekommen konnte. Das erfreute Prinz Omar über alle Maße. War sein Freund doch ein schöner Jüngling und in seiner großen Leidenschaft unsagbar aufregend für ihn. Sein nackter Körper, den er ihm gern bei jeder Gelegenheit zeigte, strahlte förmlich pure leidenschaftliche Energie aus. Jedes Mal erregte es Omar und in seiner Fantasie malte er sich aus, wie er diesen Jungen mit Händen, Küssen und seinem Körper in höchste Ekstase brachte. ...

Sein Freund stöhnte dabei und öffnete sich ihm hingebungsvoll. „Ja, bitte mach' weiter" flüsterte er dann schon mit erregter zitternder Stimme. Was hätte sich Omar, der selbst voll in Saft und Kraft stand, schöneres wünschen können? Und er antwortete ihn: „Oh wie süß und aufregend es ist, die aufsteigende Lust in dir zu erleben. Nichts kann mich jetzt noch aufhalten dich und mich in die höchste Glückseligkeit zu führen." Dabei streichelte er ihn mit seiner Hand immer tiefer...

Notizen

Februar 2020

Mo.	Di.	Mit.	Do.	Fr.	**Sa.**	**So.**
					1	**2**
3	4	5	6	7	**8**	**9**
10	11	12	13	14	**15**	**16**
17	18	19	20	21	**22**	**23**
24	25	26	27	28	**29**	

Eines Tages bestellte er Samir für seine nächtlichen lustvollen Spiele zu sich. Er war zwar erst achtzehn Jahre alt, aber wie Omar der Liebe zu Männern sehr zugetan. Auch wenn er sehr jung war, wusste er doch, dass diese Gefühle in ihm nicht nur vorübergehend waren. Er war ein Jüngling von hoher Geburt und mit seinem Aussehen und seiner freundlichen Art war er bei allen sehr beliebt. Bereits als Knabe hatte er sich in Omar unsterblich verliebt, als der auf der Straße an ihm vorbeigeritten war. Jetzt endlich wurde er zu ihm gerufen. Er nahm sich vor, den jungen Kalifen für sich zu erobern. Auch Omar war schon völlig erregt und wollte in diesem Moment nichts mehr auf der Welt, als diesen Jüngling zu besitzen. Als Samir das bemerkte, schaute er den Kalifen freundlich an und sagte; „Bitte kommt zu mir. Ich möchte euch berühren." Dieser Bitte kam er umgehend nach. Obwohl es nicht üblich war, dass ihn jemand um etwas bat oder gar aufforderte. Er war aber so verzaubert von diesem göttlichen Anblick und stellte sich deshalb schnell neben ihn. Samir küsste ihn zärtlich auf den Mund, dann am Hals, die Brust und die Brustwarzen Das tat er es so voller Hingabe und mit Leidenschaft, das er bei Omar mit jedem Kuss an seinem Körper einen starken wonnevollen Schauer auslöste.

Notizen

März 2020

Mo.	Di.	Mit.	Do.	Fr.	**Sa.**	**So.**
						1
2	3	4	5	6	**7**	**8**
9	10	11	12	13	**14**	**15**
16	17	18	19	20	**21**	**22**
23	24	25	26	27	**28**	**29**
30	31					

Plötzlich leuchteten Namiks Augen: „Wenn du Samir bist, dann hast du ja selbst viele Erfahrungen in der Liebe mit Männern." „Oh ja", antwortete ich. „Und du? Hast du schon welche?" Er schaute etwas traurig. „Nein, ich habe überhaupt noch keine." Aus Spaß sagte ich: „Wenn du Lust hast, dann unterrichte ich dich darin." Worauf er sofort entgegnete: „Ja, das wäre herrlich." Ich war kurz erstaunt, denn damit hatte ich nicht so schnell, wenn überhaupt, gerechnet. Aber ich freute mich gleich danach, diesen hübschen, noch völlig unerfahrenen Jüngling, in der Liebe unterrichten zu können. Da er schon ganz aufgeregt auf seinem Stuhl hin und her rutschte und mich mit erwartungsvollen Blicken ansah, sagte ich: „Gut, dann fangen wir gleich damit an." Namik nickte heftig und ich sah, wie sich unter dem Kaftan sein Glied schon langsam aufrichtete. Deshalb begaben wir uns schnell ins Haus, um mit dem Unterricht an zu fangen. Der Kaftan, den er trug, verdeckte seinen ganzen Körper, sodass ich nicht erkennen konnte, was darunter steckte, bis auf die immer größer werdende Erhebung in seinem Schritt, die einiges vermuten ließ. Jetzt wollte ich alles sehen, deshalb bat ich ihn: „Zieh dich aus, damit ich dich betrachten kann.". Schnell entledigte er sich seiner Kleidung und stand nackt vor mir. Etwas schüchtern und verlegen fragte er mich: „Gefällt es dir, was du siehst, Meister?" ...

Notizen

April 2020

Mo.	Di.	Mit.	Do.	Fr.	Sa.	So.
		1	2	3	**4**	**5**
6	7	8	9	**10**	**11**	**12**
13	14	15	16	17	**18**	**19**
20	21	22	23	24	**25**	**26**
27	28	29	30			

Wenn sie am Abend auf der Weide saßen, fasste Rasin sich manchmal durch den Kaftan in den Schritt und stöhnte leise. Dabei nahm sein Freund die Konturen seines steifen Gliedes wahr und sah ihn fragend an. Rasin murmelte verlegen: „Das geht mir manchmal so, wenn ich hier glücklich mit dir sitze." Auch Said befand sich des Öfteren in dieser Lage, aber er hätte es nie gesagt oder gezeigt. Er freute sich aber darüber, dass sein Freund so ehrlich war. Seitdem scheute sich Said auch nicht mehr, ab und zu sein erregtes Glied durch den Kaftan anzupacken, wenn sie zusammensaßen. Was zur Folge hatte, dass sie sich damit gegenseitig aufstachelten und es nun häufiger taten. Eines Abends, als sie allein auf der Weide saßen, nahm Rasin seine Hand und führte sie wieder an sein steifes Glied. Diesmal aber fuhr er mit ihr daran entlang und hörte nicht auf. Er stöhnte leise dabei und sein Gesicht fing an zu strahlen. Als Said das sah, erregte es ihn ebenfalls…

Notizen

Mai 2020

Mo.	Di.	Mit.	Do.	Fr.	Sa.	So.
				1	2	3
4	5	6	7	8	9	10
11	12	13	14	15	16	17
18	19	20	21	22	23	24
25	26	27	28	29	30	31

Am Rande des Dorfes war ein großer See. Am nächsten Abend badeten sie dort. Sie zogen ihre Kaftane aus, unter denen sie schon nackt waren und liefen gemeinsam ins Wasser. Als sie rauskamen, setzte sich Said gleich ins Gras. Er sah seinem Freund gern zu, wie der danach eine Weile auf dem Rasen turnte. Er lief dabei nackt hin und her und Said hatte das Gefühl, als posiere er vor ihm. Rasin war ein liebreizender Jüngling. Er hatte glatte, glänzende Haut, eine schlanke, muskulöse Figur, einen straffen Po und ein großes Glied. Sein ganzer Körper strahlte Anmut und Schönheit aus. An diesem Tag war er mit seinen Posen aber besonders aufreizend. Das führte bei Said dazu, dass sein Glied hart wurde. Rasin bemerkte es und lief zu ihm rüber. Er streichelte vorsichtig das erregte Teil seines Freundes und fragte ihn: „Gefällt dir das?" Worauf er ein „Oh, ja!" zur Antwort bekam.

Also machte er weiter. Zärtlich und langsam fuhr er
jetzt mit seiner Hand .daran entlang, während Said immer erregter wurde und leise stöhnte. Durch das lauter werdende Stöhnen des Freundes wurde er unsicher und wusste nicht, was er tun sollte. Said hatte ihm ja am Abend vorher gesagt, dass er es nicht wolle.

Deshalb nahm er seine Hand wieder weg.

Sein Freund forderte ihn aber mit zitternder, leiser Stimme auf: „Mach bitte weiter." ...

Notizen

Juni 2020

Mo.	Di.	Mit.	Do.	Fr.	Sa.	So.
1	2	3	4	5	6	7
8	9	10	11	12	13	14
15	16	17	18	19	20	21
22	23	24	25	26	27	28
29	30					

Als sie eines Tages in der Färberei waren und dachten, sie wären allein, vergnügten sie sich wieder. Said war gerade unter den Kaftan von Rasin geschlüpft, um ihn genüsslich mit seinem Küssen zu verwöhnen. Sein Freund stöhnte und wimmerte schon vor Erregung. Da kam Sameh, sein Meister, rein. Er sah, was da passierte, aber nicht, wer da unter Rasins Kaftan steckte und rief nur, er solle gefälligst wieder an die Arbeit gehen. Als er fort war, trennten sie sich schnell und Said lief nachhause. Seit dieser Zeit aber ließ sein Meister Rasin nicht mehr in Ruhe. Wenn sie allein waren, fasste er ihm ständig in den Schritt und wollte ihn erregen. Oft zeigte er ihm sein Glied und forderte ihn auf, es in den Mund zu nehmen. Aber Rasin wehrte sich immer erfolgreich dagegen. Vielleicht hätte er es ja getan, damit er seine Ruhe fand, aber …

Notizen

Juli 2020

Mo.	Di.	Mit.	Do.	Fr.	Sa.	So.
		1	2	3	**4**	**5**
6	7	8	9	10	**11**	**12**
13	14	15	16	17	**18**	**19**
20	21	22	23	24	**25**	**26**
27	28	29	30	31		

Kadir war dabei nicht ganz selbstlos. Er hatte schon lange ein Auge auf den Heerführer geworfen. Hakim war oft im Pferdestall, denn er liebte sein Pferd und schaute deshalb regelmäßig nach ihm. Der Stallbursche Kadir wusste meistens, wann er kam. Dann stellte er sich immer mit halb nacktem Oberkörper und knappem Beinkleid im Stall auf und tat, als ob er arbeitete. Dabei postierte er sich so, dass Hakim ihn sehen musste. Einmal bemerkte er, wie ihn der Heerführer heimlich lüstern musterte. Als Kadir zu ihm sah, schaute der aber schnell weg. Dieser kurze Augenblick zeigte ihm, dass auch Hakim solche Sehnsüchte hatte. ... Wenn Hakim in den Stall zu seinem Pferd kam und sein Stallbursche mit dem Heerführer allein war, beäugte Kadir den muskulösen Körper und vor allem dessen straffen Hintern. Dabei schlug sein Herz jedes Mal doppelt so schnell. Er hatte sich unsterblich in diesen Mann verliebt. Das entging auch Hakim nicht und es schien ihm zu gefallen...

Gerne hätte Kadir diesen stolzen Mann einmal winselnd und jammernd vor Erregung unter sich gehabt. Jetzt endlich gab es eine Gelegenheit, den oft feuchten Traum Wirklichkeit werden zu lassen...

Notizen

August 2020

Mo.	Di.	Mit.	Do.	Fr.	Sa.	So.
					1	**2**
3	4	5	6	7	**8**	**9**
10	11	12	13	14	**15**	**16**
17	18	19	20	21	**22**	**23**
24	25	25	27	28	**29**	**30**
31						

Eines Tages, er war schon weit geflogen, sah er auf dem Dach zwei Jünglinge. Sie waren nackt und schienen Zärtlichkeiten auszutauschen. Dabei bewegten sie sich immer heftiger. Einer befand sich in der Hocke und küsste den anderen zwischen den Beinen. Da wurde Ali neugierig und flog mit seinem Teppich weiter nach unten, damit er besser sehen konnte, was da passierte…

Dieses Schauspiel erregte Ali und er stöhnte auf. Einer der jungen Männer hörte es, hob den Kopf und sah in der Luft den fliegenden Teppich, auf dem Ali saß. Schnell zeigte er es dem anderen. Da er sehr nah zu ihnen geflogen war, erkannten die beiden, dass dort ein Jüngling drauf saß. Sie winkten ihm zu und forderten ihn damit auf, zu ihnen zu kommen. Einer rief: „Komm, wir haben genug Leidenschaft und können dich glücklich machen." Jetzt bekam Ali Angst und flog schnell davon. Am Abend in seinem Bett dachte er ständig an diese beiden Jünglinge und seine ungestillte Lust wurde unerträglich. Deshalb entschloss er sich, sein hartes Glied in die Hand zu nehmen, und fuhr kräftig damit hoch und runter. Dabei sah er in seiner Fantasie die beiden jungen Männer, wie sie eng umschlungen ihre Glieder aneinander rieben. Und wie sie sich dabei küssten und stöhnten. Er sah die immer höhere Ekstase und…

Notizen

September 2020

Mo.	Di.	Mit.	Do.	Fr.	**Sa.**	**So.**
	1	2	3	4	**5**	**6**
7	8	9	10	11	**12**	**13**
14	15	16	17	18	**19**	**20**
21	22	23	24	25	**26**	**27**
28	29	30				

Als er zu schwanken begann und sich der Boden unter seinen Füßen langsam auflöste, hielten ihn die Beiden an der Hüfte fest, so dass er etwas Stabilität fand. Immer kräftiger spürte er jetzt die Zungen der Jünglinge an und in sich, von vorn und hinten. Das war zu viel! Es kam ihm mit voller Kraft, so dass er glaubte, für kurze Zeit nicht mehr in dieser Welt zu sein. Das war aber nicht der Fall. Er hatte bloß noch nie so einen gewaltigen, schwindelerregenden Höhepunkt erlebt. Für ihn war das überwältigend und vorher unvorstellbar gewesen, dass es so etwas Schönes gab.

Auch die beiden Jünglinge waren begeistert von seiner Hingabe und als er dann sagte, dass auch er mal einen Jungen küssen und liebkosen möchte, waren sie sofort bereit dazu. Einer stellte sich vor ihn und bot sich dafür an...

Notizen

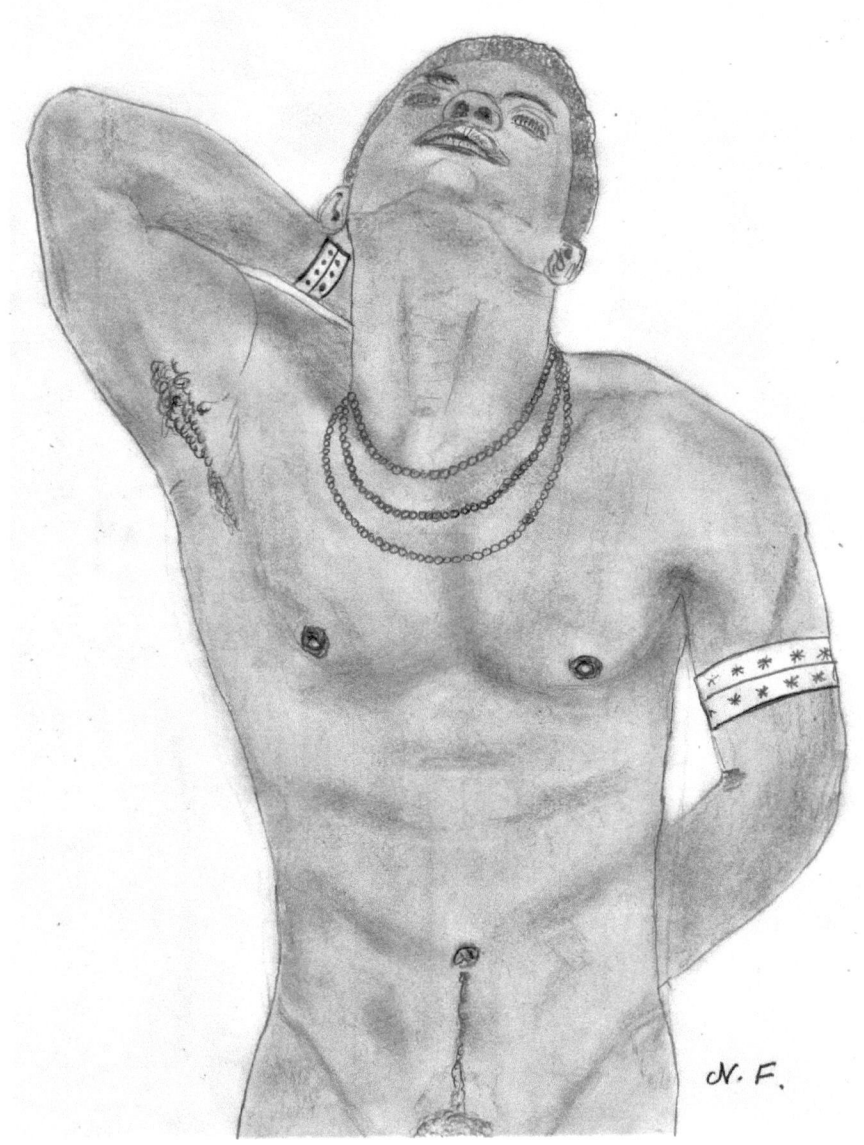

Okto
ber 2020

Mo.	Di.	Mit.	Do.	Fr.	Sa.	So.
			1	2	3	4
5	6	7	8	9	10	11
12	13	14	15	16	17	18

19	20	21	22	23	**24**	**25**
26	27	28	29	30	**31**	

Diese besonderen Küsse und Liebkosungen kann man gar nicht in Worte fassen, so unheimlich aufregend sind sie. Erst wenn man es selbst erlebt und gefühlt hat, versteht man den wunderbaren Zauber dieser speziellen Spielart in den Geschichten. Und deshalb sollst du heute diese große Explosion der Lust selbst erleben."

Er stand auf, schaute mich mit strahlenden Augen an und fragte aufgeregt: „Stimmt das?" „Ja, mein Liebster." Jetzt erhob ich mich und küsste ihn lange. Dann sagte ich ihm, er solle sich auf allen vieren hinhocken. Diese Stellung nahm er augenblicklich ein und streckte seinen wunderbaren, schwarzen Po schon ganz hoch. Ich streichelte ihn und klatschte ihm auf den Hintern, was ihm wieder große Freude bereitete. Dann versohlte ich ihm ordentlich den Po und rief: „Du dummer Junge. Wie kannst du glauben, ich liebte dich nicht." Und ich schlug heftiger zu. Namik wimmerte wollüstig und rief: „Verzeih` mir, Meister. Ich war so dumm." Ich streichelte, massierte und küsste seinen ...

Notizen

November 2020

Mo.	Di.	Mit.	Do.	Fr.	**Sa.**	**So.**
						1
2	3	4	5	6	**7**	**8**
9	10	11	12	13	**14**	**15**
16	17	18	19	20	**21**	**22**
23	24	25	26	27	**28**	**29**
30						

Omar gefielen die Geschichten. Besonders aber freute er sich darauf, Samir wiederzusehen. Den ganzen Tag dachte er an ihn und konnte die Zeit kaum abwarten, diesen Jüngling wieder in die Arme zu schließen. So kam Samir am nächsten Abend wieder zu ihm. Sie begrüßten sich mit einer langen Umarmung und küssten sich leidenschaftlich. „Es ist so schön wieder bei dir zu sein." flüsterte ihm Samir ins Ohr und Omar antwortete nur kurz: „Ja, das ist es." Samir benutzte seine Reize auch diesmal wieder fleißig. Er ließ...

Notizen

Dezember 2020

Mo.	Di.	Mit.	Do.	Fr.	Sa.	So.
	1	2	3	4	**5**	**6**
7	8	9	10	11	**12**	**13**
14	15	16	17	18	**19**	**20**
21	22	23	24	**25**	**26**	**27**
28	29	30	31			

Sein rechtes Bein hatte er dabei zwischen meine Beine gelegt und ich merkte, wie sein Glied wieder pochte und heiß wurde. Wahrscheinlich hatten ihn das heutige Training in der Ausdauer der Liebe so überreizt, dass es ihm schwerfiel, zur Ruhe zu kommen. Er flüsterte: „Meister, ich bin so glücklich. Bitte lass´ mich dich streicheln und deinen Körper küssen. Du kannst ja dabei einschlafen, aber ich finde noch keine Ruhe." Das war so rührend, dass ich es ihm dann doch gewährte, obwohl ich eigentlich müde war. Er fing an, meinen ganzen Körper von vorn zu küssen. Dann drehte er mich um und vollführte das gleiche Spiel von hinten. Ich stöhnte auf, als er zwischen meinen Pobacken angelangt war. Er flüsterte: „Meister, ich bin so erregt." Da ich aber heute wirklich nichts mehr mit ihm anstellen wollte, antwortete ich ihm: „Hock` dich über mich und mach` es dir selbst." Das tat er dann und stöhnte hingebungsvoll. Dabei wiederholte er immerfort: „Oh, ich liebe dich so." So konnte ich auch nicht einschlafen und drehte mich zu ihm um. Ich sah, wie sein schöner, dunkler Körper über mir vor Erregung bebte, und fühlte in diesem Moment eine tiefe Verbundenheit zu ihm. Er geriet wieder außer sich und ich wurde von seinem Liebessaft getroffen. Schnell stand er auf und holte einen feuchten Schwamm und ein Tuch, um den Samen, der auf mir war, wegzuwischen. Dabei entschuldigte er sich. „Nein, du brauchst dich nicht zu entschuldigen, das war schön", erklärte ich ihm. Er strahlte mich an und fragte: „Soll ich das denn nochmal machen?" Ich musste laut lachen und schüttelte nur mit dem Kopf, sagte aber nichts mehr dazu, denn ich hatte Angst, dass er gleich wieder ans Werk gehen würde.

Wir lagen danach friedlich nebeneinander. Ich hatte ihm meinen Rücken zugedreht und er kuschelte sich an mich. Anscheinend hatte er beschlossen, nun immer angekuschelt mit in meinem Bett zu schlafen. Und es gefiel mir. Vor dem Einschlafen dachte ich: *Mit diesem Jungen brauchst du die Ausdauer nicht mehr trainieren. Der ist ein Naturtalent.* Dann schlief ich ein.

Am nächsten Tag...

Notizen

Buchempfehlungen

Noah Fakier

Zeichen-Mappe, Sign Solution, Solución signo

Männer I, Men I, Hommes I, Hombres I

Es sind 18 Blätter in höchster Druckqualität, auf 200g Fotobrillant Papier, in einem A 4 Ringhefter. Wenn du willst, kannst du diese Blätter vorsichtig einzeln heraustrennen und in einen einfachen Bilderrahmen stecken. Für dich selbst oder als Geschenk.

Mehr dazu:

https://www.amazon.de/Zeichen-Mappe-Männer-Noah-Fakier/dp/3743140403/

Gibt es auch als Taschenbuch im A4 Format im Brillantdruck

https://www.amazon.de/Zeichen-Mappe-Solution-Solución-si.../.../

Die besondere Buchempfehlung

Ein Buch dem so langsam alle kommerziellen Werbemöglichkeiten versagt werden.

Zu brisant sind die Wahrheiten darin und zu mächtig die, die sie nicht hören oder verstehen wollen. Eigentlich unverständlich in unserer heutigen aufgeklärten Zeit. Aber was den Sex betrifft, so sind die Gesellschaften und viele Menschen noch mit falschen „Moralvorstellungen" behaftet. Das war die meiste Zeit in unserer Entwicklung nicht so. Falsche Moralvorstellungen über Sex beeinflussen unser gesamtes Denken und Fühlen. Es führt oft zu Ausgrenzungen. Oft auch bei unseren eigenen Gefühlen und Wünschen. Dieses Buch zeigt den Weg daraus. Noch ist es in jeder Buchhandlung erhältlich.

Es eröffnet uns eine neue Sichtweise für ein sexuell und sozial erfülltes Leben. Die Zeit ist reif dafür. Aufklärung und Ratgeber für Jung und Alt.

Lesen Sie die Rezensionen von Lesern bei Amazon. So etwas kann man sich nicht ausdenken. Die sind echt.

https://amzn.to/2GfpBT7

Begleiten Sie Dr. Lutz Knoche auf einer Reise durch die Geschichte der Menschheit und betrachten Sie mit ihm zusammen die Evolution der Lust. Blicken Sie „hinter die Kulissen" der menschlichen Psyche: Welche Auswirkungen haben die Dogmen der Kirche auf unser Leben, auch wenn wir nicht gläubig sind?

In diesem Buch geht es nicht mehr nur um die freie Entfaltung bei der schönsten Sache der Welt oder um sexuelle Vielfalt, sondern vielmehr darum, dass sie ein ausschlaggebender Teil dafür war, damit sich der Mensch gegenüber anderen Gattungen durchsetzen konnte. Und auch heute noch diese Rolle spielt.

Sie ist also die Normalität, die wieder im gesellschaftlichen Leben integriert werden soll, und nicht nur toleriert. Das erfordert ein Umdenken. Nicht nur bei der sexuellen Erfüllung sondern auch im sozialen Zusammensein.